Pascale Petit

Histoir d'ouf

Théâtre
l'école des loisirs
11, rue de Sèvres, Paris 6e

À Jack Robinson

ISBN : 978-2-211-21389-9

Loi numéro 49.956 du 16 juillet 1949 sur les publications destinées à la jeunesse : septembre 2013
Dépôt légal : septembre 2013
Imprimé en France par Hérissey à Évreux (Eure) - N° 121000

… Mais entêtons-nous à parler
Remuons la langue
Lançons des postillons
On veut de nouveaux sons de nouveaux sons de nouveaux sons
On veut des consonnes sans voyelles…

« Victoire », *in Calligrammes.*
Guillaume Apollinaire

C'est simple, il suffisait d'y penser.

Christophe Colomb

Avant-propos

Après *La tortilla du ciboulot*, voici un tout nouvel hommage à Georges Perec et à son art de la disparition – qu'il exerça parfaitement tout au long d'un livre étonnant du même nom. L'hommage que voici est d'une tout autre facture et cette curieuse *Histoir d'ouf* est une nouvelle façon de pratiquer cet art de la disparition appliqué à une question *turlupinante* qui s'intéresse aux origines de l'apparition de la vie.

Apparition, disparition, voici les maîtres mots d'*Histoir d'ouf*: une sorte de tour de passe-passe en somme, mais aussi fête et renouveau de la langue qui semble cependant retrouver des accents anciens.

Pour les besoins de la représentation, on peut utiliser un certain nombre d'accessoires. Table de conférence plus ou moins basse, petite chaise ou chaise haute, tableau noir, panneaux d'illustrations des animaux cités, plots en plastique, cônes rouges et blancs de signalisation... On peut aussi avoir recours à un matériel plus sportif pour dire le texte. Il n'est pas exclu qu'un tricycle, une trottinette ou encore un monocycle soient utiles pour les besoins de la démonstration.

De même que *La tortilla du ciboulot*, cette *Histoir d'ouf* peut être représentée par un nombre variable d'acteurs : un ou deux ou trois ou quatre jusqu'au nombre qu'on veut, finalement. Oui... Car ne dit-on pas que, plus on est de fous, plus on rit ?

Pour la diction ou l'accent, il suffit de suivre le texte et sa propre inspiration. On lira cependant aussi avec intérêt la citation suivante qui décrit le jargon du personnage du docteur dans la *commedia dell'arte* à laquelle hommage est aussi rendu au travers de la voix d'*Histoir d'ouf*. Molière n'est pas loin :

> Quand le Docteur parle, on doute
> Si c'est latin ou bas-breton,
> Et souvent celui qui l'écoute
> L'interrompt à coups de bâton[1].

1. D'après de Bonnart.

Et c'est ainsi, de la même façon, qu'on pourra s'inspirer de l'accoutrement de ce personnage du docteur de la *commedia dell'arte* pour les costumes : chausses noires, robe qui arrive aux genoux, chapeau à large bord, fraise à l'ancienne. Ou non – car l'on peut tout aussi bien prendre une autre option et aller chercher du côté du look « conquistador » : armure, plastron, casque et grandes bottes. Ou non, non plus, car l'on peut décidément, avec cette *Histoir d'ouf*, faire tout ce qu'on veut. Tout seul ou à plusieurs.

Avant de commencer cette *Histoir d'ouf*, il sera bon de procéder aux quelques exercices de vocalisation qui vont suivre tout en portant une attention particulière à son corps et à sa posture. Debout, après s'être étiré, après avoir roulé un peu les *r* et les épaules, après s'être massé les joues, le front, après avoir bâillé démesurément, fait semblant de mâcher un chewing-gum et d'avoir une patate chaude dans la bouche, on s'exercera à dire ceci plusieurs fois, de plus en plus rapidement :

Tapa tapa tatatum
Fissa fissa
Plutoto plutota
Plutotus mi-mi-mi
Tio tio tiotiotiotiotiotio
Troto trioto totobrix
Plu poc quam
Plou plou plum
Dim dam dum
Swim swam swum
Tio tio tio totobrix

Et voilà, nous pouvons maintenant passer au texte *proprement dit*.

1

Siurs-dams, bonjour,
Siurs-dams, salut, salutations,
Congratulations pour l'occasion.
Nous voici donc tous runis aujourd'hui
Pour discourir bintôt
D'un point tout à fait crucial
Qui nous turlupin trop à propos d'la cosmogoni.
Dar-dar, nous voulons donc tudir la qustion
Qui a, slon nous, la plus grand application
divinatoir
Pour la discussion ambitius qu'on voudrait avoir
Sur ladit cosmogoni commandant tous nos
savoirs.
La qustion capital qui nous asticot
Du matin au soir,

Ou du soir au matin, adonc, la voici :
« Qui d'l'ouf ou d'la gallinac apparut d'abord ? »
Voilà bin un qustion majur
Impliquant qu'on la posât bin
Pour qu'on lui trouvât bin sa solution
Sans aucun approximation oratoir
Ni distraction ni chappatoir.
Adonc, nous r'disons pour l'instant :
« Qui d'l'ouf ou d'la gallinac apparut d'abord ? »
Ou bin, si on voulait dir miux :
« Qui tait là avant ? »
« L'ouf tait là avant ? »
Ou : « La gallinac tait là avant ? »
Nous insistons : « L'ouf tait là avant ? »
Ou : « La gallinac tait là avant ? »
« Alors ? L'ouf ou la gallinac ? »
« Qui tait là avant ? »
« Qui ? »
« La gallinac tait là avant ? »
Ou : « L'ouf tait là avant ? »
Moult savants, moult scintifiqus,

Acadmicins distingus,
Brillants historins, moult ornithologus,
Futurologus, gologus – maints olibrius ! –
Ont fait grand cas, avant nous,
D'ladit qustion primordial sur la cosmogoni
Qui nous obnubil tant au quotidin,
Chacun ayant fourni sa solution sans condition,
Chacun monopolisant pour l'occasion
Tout son acquis, tout sa facult,
Chacun rivalisant d'ingniosit,
Pour fournir à nos sprits curiux
Un solution suffisant qui nous convainqu
À ladit qustion obsdant : « Qui tait là avant ? »
« L'ouf tait là avant – ou la gallinac ?
La gallinac ou l'ouf – tait là avant ? »
Nanmoins, siurs-dams,
Nonobstant lur grand savoir, siurs-dams,
Nonobstant lur grand instruction,
Nonobstant lur grand intuition,
Nonobstant lur stupfiant subtilit,
Bin oui, bin non, bin oui, siurs-dams,

Il r'ssort d'lurs poustouflants supputations,
D'lur haut rudition, d'lurs inductions ardus,
Siurs-dams,
Aussi grands contradictions !
Aussi grands ratiocinations !
Faux-fuyants vasifs sans aucun conviction !
Gros sabots !
Bin trop grand simplification !
Par pur volatilisation rapido-pouf-pouf
D'ladit qustion primordial :
« Qui d'l'ouf ou d'la gallinac apparut d'abord ? »
Ou : « Qui tait là avant ? »
Nos collgus cosmologus affirmant mordicus
Par l'opration machin du saint-sprit
Qu'la gallinac tait là avant l'ouf
Car sans la gallinac, il n'saurait y avoir d'ouf
– Pas plus qu'il n'saurait y avoir d'ouf sans coq –
Nos collgus phnomnologus stipulant *a contrario*
Par l'opration itou tout autant mordicus tout
à trac
Qu'l'ouf tait là avant

Car sans l'ouf,
Il n'saurait y avoir d'gallinac,
– Pas plus qu'il n'saurait y avoir
Un tortilla sans ouf!
Sbrouf! Sbroufur!
Fumistri! Fourbri!
Scobardri! Siurs-dams!
Voilà conclusions inxacts bin tourdissants!
Voilà avis bin insuffisants!
Sont grands contradictions!
Ratiocinations sans justifications!
Ping-pong mondain affolant nos citrons!
Baragouins d'baragouinurs,
Propos bistourns!
Amphibologi calamitus d'grands gugus ratatins!
Si bin qu'à la fin, on voudrait pas s'appsantir plus
Sur lurs contributions ultra-oisuss
Ou lurs conclusions archi-artificills supra-inutils!
Par surcroît, nos collgus zoologus binoclards ont
voulu savoir
Avant tout discussion futur pour induir

S'il s'agissait bin d'un ouf d'gallinac
Ou pas bin plutôt par hasard
D'un ouf d'colibri
Ou bin d'ortolan
Ou bin d'garouda
Ou bin d'dindon
Ou bin d'labyrinthodont mastodont !
Insinuant ainsi un point culminant à franchir,
– Un hic – qui paraîtrait supra-important
Pour la discussion : un pic à conviction.
Sbrouf! Sbroufur !
Fumistri ! Fourbri !
Scobardri ! Siurs-dams !
Balourdis pompus !
Baragouins d'baragouinurs !
Amphigouri azimutal !
Baratin barbifiant !
Anris d'ânons !
Chamaillris monotons !
Critiquaillris d'bouldogus !
Bifurcation d'chihuahuas !

Kss-kss!
Nous savons bin, nous
Qui tudions la qustion,
Siurs-dams,
Du matin au soir,
Du soir au matin,
Qu'il s'agit bin
D'un ouf d'gallinac,
Qu'il s'agit pas
D'un ouf d'colibri
Ou bin d'ortolan
Ou bin d'garouda
Ou bin d'dindon
Ou d'labyrinthodont mastodont!
Ou d'pingouin!
Ou d'manchot papou!
Ou d'fulmar!
Ou d'tartarin!
Ou d'barbacou!
Ou d'balbuzard!
Ou d'Christoph Colomb!

Par comparaison, un ouf d'colibri a l'air
Grosso modo bin plus ptit
Qu'un ouf d'gallinac.
Par comparaison, un ouf d'garouda a l'air
Grosso modo bin plus gros,
Bin plus imaginair
Qu'un ouf d'gallinac.
Par ouï-dir un ouf d'ortolan paraît
Bin plus bon qu'un ouf d'gallinac.
Quant au dindon, par constatation,
Nous notifions :
Qui a jamais vu un dindon au pondoir ?
Du labyrinthodont mastodont
Dont nous ignorons tout
Jusqu'aujourd'hui quasi tout
– À part la disproportion commac –
Nous n'voudrions pas discourir par supputation
Tant la comparaison nous paraît coton.
Aussi bin, siurs-dams,
Continuons pas plus la num'ration fastidius.
Oublions pingouin, tartarin, barbacou,

Balbuzard, manchot papou, conquistador
Qui n'ont rin à voir là-d'dans.
Quoi qu'nous disions sur l'ouf,
La gallinac a – sans quivoqu –
Plus d'un trait distinctif
Dans sa tournur, dans son intonation,
Dans sa natur, dans sa façon,
Pour qu'nous fassions pas la confusion :
La gallinac n'a rin d'un manchot papou.
(L'manchot papou tant d'la Papouasi.)
La gallinac n'a rin d'un iguanodon.
(L'iguanodon t'nant bin plus du rhabdodon.)
La gallinac n'a rin d'un colibri.
(L'colibri faisant zunzun.)
La gallinac n'a rin non plus d'un alligator,
La gallinac n'a rin non plus d'un conquistador
– Sur quoi nous n'avons pas bsoin d'pilogur
Jusqu'à pas d'hur, pour bin fair l'distinguo !
Zunzun !
Tout ça sont considrations inutils,
Considrations futils,

Considrations chichituss,
Considrations sans fin mal conçus
Considrations farflus qui font toujours
Qu'obstrur la bon dilatation d'nos circuits,
Autant qu'obscurcir la vrai opinion
Qu'on pourrait avoir d'la qustion principal :
« Qui d'l'ouf ou d'la gallinac apparut d'abord ?
Qui tait là avant ?
L'ouf tait là avant – ou la gallinac ?
La gallinac ou l'ouf – tait là avant ?
Qui ?! Mais qui tait là avant ?! »
Non, siurs-dams.
Oui, siurs-dams.
Oublions pingouin, tartarin, barbacou, barbatruc
Balbuzard, manchot papou, conquistador.
Oui oui, siurs-dams,
Passons plutôt à la proposition suivant
D'nos amis futurologus qui ont dit
À propos d'la qustion qui nous turlupin :
« D'insinur qu'il y aurait un point obscur
Qui s'rait un complication majur

Quant à la caractrisation d'la qustion primordial
Nous paraît pinaillris tatillons,
Ruminations traficots :
D'savoir s'il s'agit bin d'un ouf d'gallinac ou pas
Ou s'il s'agit bin d'la gallinac ou pas,
Nous paraît, à nous, bin insignifiant, bin scondair
– Voir pas du tout instructif,
Voir plutôt improductif,
Voir tout à fait infructuux
Ou contrarotatif pour la cognition
Quant à ladit qustion qui nous accapar.
D'savoir si la gallinac n'a rin ou pas
D'un manchot papou ou bin d'un iguanodon
Ou bin du colibri ou bin d'un alligator
Nous paraît tout autant inconsistant,
Tout autant drisoir.
A contrario, nous n's'rons pas sitôt si affirmatifs
Quant à la proposition trop succinct suivant quoi
La gallinac n'a rin, par son anatomi, d'un
conquistador.
Nous voyons là, nous, un point pinux,

Car faudrait bin voir
Lurs attributs constitutifs à chacun
Avant d'bin pouvoir conclur sur l'affirmation
Qui proscrit tout comparaison inconv'nant.
Nonobstant, il nous faut claircir illico la situation
Par l'application sout'nu à la qustion initial
Pour pourvoir fissa à sa solution.
Nous discutrons donc plus tard
Du cas du conquistador
Suivant son rapport à la gallinac.
Focalisons-nous donc
Sans d'lai sur la qustion initial,
Sur la bon façon d'aboutir à la solution.
Appuyons-nous sur tout la raison qu'il faut avoir
Car, on l'aura bin compris :
C'qui s'conçoit bin, s'voit bin, s'dit bin.
Il nous faut, ainsi, un bon *modus oprandi*,
Qui nous conduira bin plus ou moins
Tout droit à la façon *ad hoc* d'agir
Pour un stimation adquat d'la qustion à tudir.
Ainsi donc, voici nos consistants cogitations :

Ainsi, donc, imaginons sans parlot dilatoir,
Disons à l'instant l'idoin procdur :
Si on fait courir à donf la gallinac,
Si on fait courir aussi à donf l'ouf,
Par obligation, par stimulation,
Par distraction ou par intimidation
– Disons – d'un point dit A à un point dit C
Ou d'un point dit D à un point dit F tout droit
Ou alors zigzaguant du point dit A ou point dit D
Au point dit C ou point dit F passant d'abord
Par un point dit O puis un point dit Q
Alors, *a priori*, la gallinac s'ra là illico
Sans difficult, au point dit C ou au point dit F
Avant l'ouf zigzaguant
Ou pas par un point dit O puis point dit Q :
Si bin qu'on pourra conclur, donc,
Par induction :
La gallinac tant là *a priori* illico sans complication
Au point dit C ou au point dit F avant l'ouf,
Alors, *a fortiori*, conçu ainsi,
La gallinac tait là avant l'ouf

Ipso facto, au point dit A ou au point dit D
Sans aucun complication non plus.
URKA ! COCORICO ! CQFD ! »
URKA !!! COCORICO !!! CQFD !!!
Point dit A ! Point dit C !
Point dit O ! Point dit D !
Di-da-di-dou-da !

2

Sbrouf! Sbroufur! Scobardri!
Plutôt balourdis, oui!
Galimatias fumux!
Gnognot gnagnagna!
Jarnicoton! Fulmi-coton!
Turlutain! Turlututu! Taratata!
Tsouin-tsouin! Zunzun!
Sont tout ça pataqus alambiqus caoutchoutux!
Charabia coton farflu d'opoponax!
Convolvulus clysopomp!
Divagations lourdingus d'olibrius fondus!
Raccourcis obliqus inoprants
D'mathmaticins brindzingus
Qui font tortillons
Dans nos bobinoirs trop stourbis!

Foin ! Fi ! Finish !
Stop aux lucubrations sfumato,
Stop aux falsifications absolus
Qui nous font accroir !
Nous mouftons à l'instant
À la formulation tarabiscot
Suivant quoi la gallinac arrivant sans difficult
Avant l'ouf à un point dit C ou point dit F
Zigzaguant ou pas par un point dit O
Puis point dit Q
Prouv'ra qu'la gallinac tait là sans micmac
Avant l'ouf à un point dit A ou point dit D.
Car, qui nous garantit qu'à coup sûr,
La gallinac partant d'un point dit A ou point dit D
Court bin à donf sans difficult
Jusqu'à un point dit C ou point dit F
Zigzaguant ou pas par un point dit O
Puis point dit Q
Prouvant par là qu'arrivant avant l'ouf
Au point dit C ou point dit F zigzaguant ou pas
Par un point dit O puis point dit Q

– Toujours à donf ou pas –
La gallinac tait bin là
Picoti picota picoti picota
Di-da-di-dou-dah
Avant l'ouf au point dit A ou point dit D ?
Qui nous dit qu'*a contrario* la gallinac
Va pas bin plutôt courir – à donf ou pas –
Suivant un orintation bizarr
Qu'on n'avait jamais vu
Ou pour un raison obscur impromptu
Clopin-clopant, jusqu'à un point inconnu ?
Qui nous dit qu'la gallinac va pas bin fuir
Plutôt subito tous azimuts par pur lubi
Sans jamais accourir au point dit C ou point dit F
– Prouvant ainsi *a contrario*
Tout c'qu'on a dit plus haut ?
Qui nous garantit par aillurs qu'à coup sûr,
L'ouf s'ra toujours bin là au point dit A
Ou au point dit D
Tandis qu'la gallinac courra bin
– À donf ou pas –

Dans l'orintation qu'on a dit
Jusqu'au point dit C ou point dit F ou pas ?
Qui nous dit qu'l'ouf n'aura pas à son tour
    disparu
Du point dit A ou point dit D,
Par la diagonal, dans un coin quidistant,
Suivant c'qui lui plaît, *causa sui*,
Ou valdingu badaboum à pic d'un façon inopin
Au fond d'un puits profond, à son insu ?
Qui nous dit pas aussi par surcroît
Qu'l'ouf ou la gallinac vont pas bin
Courir tout schuss
Contrant tout pronostic
Qu'on pouvait avoir
Jusqu'à un point qulconqu
Pil poil ponctuls synchrons ?
Qui nous dit pour finir
Qu'la gallinac quittant son cap *causa sui* aussi
S'rait pas bin plutôt
Un conquistador à califourchon
Qui trottin cahin-caha dans la pampa

Disparaissant incognito
Par la diagonal à l'horizon
Picoti picota picoti picota
Di-da-di-dou-dah
– Prouvant ainsi par là
Qu'on n'a jamais pu voir un gallinac
Au point dit A ou point dit D avant l'ouf,
Di-da-di-dou-dah
Picoti picota, picoti, picota
Tant pas là, la gallinac,
A priori illico sans complication
Au point dit C ou au point dit F avant l'ouf
Puisqu'il s'agissait d'un conquistador à
califourchon
Divaguant dans la pampa, loin d'son bivouac ?!
Picoti ! Picota ! Siurs-dams !
Scobardri ! Balourdis ! Dou-dah ! Siurs-dams,
On a nos ciboulots total flingus, toqus,
Mabouls, gagas, flagadas tsoin-tsoin zunzun !
« C'qui s'conçoit bin, s'voit bin, s'dit bin »
Ont voulu fair apparoir nos amis futurologus.

Or nous voyons bin, nous tous,
Qui suivons lurs circonvolutions distordus
D'un point dit A ou point dit D
À un point dit C ou point dit F
Zigzaguant dix-huit fois vingt-six fois
Par un point dit O puis point dit Q
Nos carafons dans nos guidons,
Dans la plus grand agitation cafouillus
À ouïr sans fin lur dialctiqu crasant,
Lurs circonlocutions malsonnants
D'imbus minus triqus,
Qu'nous voyons plus trop bin,
Qu'nous voyons plutôt bin mal
Qu'nous n'voyons plus rin,
Tant nos homologus fondus
Ont accru la complication
Par la multiplication à gogo
Du quota d'points à franchir
– À donf ou pas –
Sans aboutir jamais à un vrai conclusion.

3

Nous voici *a postriori*, groggy total, foutus,
Quasi au point mort dit : K-O.
Nous voici dans un grand bousin,
Nos sprits confus ayant attint
Un point d'bullition maximum
Hors du commun.
Oui, nous voilà, siurs-dams, bin loin,
Bin loin d'avoir la solution.
Nous nous trouvons là
Dans un grand tat d'abandon,
Confondus d'vant
Un si grand monticul d'incultur,
Ignorant d'l'orintation à avoir,
Ahuris, tourdis, stourbis.
D'avoir suivi d'aussi confondants indications
D'aussi grands paltoquts,

Nous voici azimuts, abattus, courbatus,
Alourdis, amollis, amoindris,
Sans boussol, san rin pour nous conduir,
Butant toujours sur ladit qustion initial :
« Qui d'l'ouf ou d'la gallinac apparut d'abord ?
Qui tait là avant ?
L'ouf tait là avant – ou la gallinac ?
La gallinac ou l'ouf – tait là avant ?
Qui ?! Mais qui ! Qui tait là avant ?!
Qui tait là avant ?! »
Nous avons mal fait d'ouïr quasi sans un mot
La contribution à la sinuosit tournboulant
D'nos collgus lourdingus aux visions bouriffants
Qui n'ont fait qu'amplifir sans fin
La complication du laïus.
Au nom d'la lucidit, nous invalidons
Lurs conclusions à la noix
Qu'ils nous ont faits à tort,
Sans justification vrai qui vaudrait.
Partant, il nous faut approfondir par nous l'affair,
L'instruir « *ab ovo* »,

Par l'bon bout – qu'on dirait –
Si nous pouvons dir,
Raison dispos à l'appui,
Sans aucun logomachi
Pour tout savoir au final d'la cosmogoni.
Donc, voyons bin tout avant tout, calmos.
Xaminons bin dans la bon collimation
Pour la bon visualisation.
Toisons bin nos machins
Qui sont la fin d'nos supputations.
Stimulons l'acuit pour circonscrir,
Mobilisons à bon droit la tranquillit
Pour bintôt finir.
Oprons un tri strict
Qu'y a-t-il, ici ?
Nous avons ici : un ouf.
Qu'y a-t-il, là ?
Nous avons là : un gallinac.
Nous avons aussi : un qustion primordial.
« Qui d'l'ouf ou d'la gallinac apparut d'abord ? »
Ou : « Qui tait là avant ? »

Oui, siurs-dams, ici, un ouf, donc.
Un ouf d'gallinac.
Oui, siurs-dams, là, un gallinac, donc.
Un gallinac d'ouf.
Oui.
Applons un ouf, un ouf, siurs-dams.
Oui.
Un ouf.
Oui.
Applons un gallinac, un gallinac, siurs-dams.
Un gallinac.
Pouf-pouf.
Oui.
Applons un bout, un bout
– Qu'il soit bon ou mauvais.
Oui, siurs-dams.
Avant tout, xaminons bin l'anatomi d'chacun.
Faisons bin la comparaison.
Activons la curiosit.
Appliquons-nous tout doux
Suivant la pondration conscincius

Qu'il faut bin avoir pour bin voir la distinction :
La gallinac a un plumag bin bouffant.
L'ouf, non.
La gallinac a un cou droit.
L'ouf, non.
La gallinac a cinq ou six doigts.
L'ouf, non.
La gallinac va sur un mur.
L'ouf, non.
La gallinac a un croupion
Ou troufignon à cul d'artichaut.
L'ouf, non.
La gallinac fait picoti picota.
L'ouf, non.
(L'ouf fait toc toc.)
Bon.
Passons aux points communs.
La gallinac n'a pas d'caroncul.
Ni d'mandibul ni d'bidul.
Ni non plus d'troupillon.
Ni d'barbillon ni d'tortillon

Ni nul crampon ni nul mam'lon.
Ni aiguillon.
Ni caparaçon.
Ni aviron.
Ni baluchon.
La gallinac n'a pas tout.
L'ouf itou.
L'ouf itou n'a pas tout.
Bon.
Passons à l'ouf.
L'ouf a l'air poli.
La gallinac, non, qui a l'air importun,
Voir discourtois.
L'ouf a l'air anodin.
La gallinac aussi.
L'ouf a l'air inactif.
La gallinac, non, qui a maints occupations :
L'agitation. La picoration.
L'incubation. La pondaison.
L'ouf a l'air plus ou moins inconsistant.
La gallinac, ni oui ni non.

L'ouf a l'air plus ou moins inconsistant
Autant qu'inconstant.
La gallinac, ni oui ni non.
L'ouf a l'air pâlichon.
L'ouf a l'air incongru.
L'ouf a l'air dur.
L'ouf a l'air bourratif.
L'ouf a l'air malplaisant.
L'ouf a l'air surfait.
L'ouf a l'air horripilant.
L'ouf a l'air chlou.
L'ouf a l'air sournois.
L'ouf fait d'la dissimulation.
Oui, siurs-dams :
L'ouf dissimul.
Oui, siurs-dams.
L'ouf n'a pas l'air bon.
L'ouf n'a pas l'air frais.
L'ouf n'a pas l'air palpitant.
L'ouf n'a pas l'air folichon.
L'ouf n'a pas l'air causant.

L'ouf n'a pas l'air clair.
L'ouf a l'air cuit !
D'aillurs, siurs-dams,
S'agit-il bin d'un ouf d'gallinac ?
S'agirait-il pas bin plutôt par hasard
D'un gros ouf d'colibri ?
Ou bin d'ortolan ?
Ou bin d'garouda ?
Ou bin d'dindon ?
Ou bin d'un tout tout ptit ouf
D'un tout tout ptit labyrinthodont
Pas bin mastodont du tout du tout ?
Bon.
Bon, siurs-dams.
Ta ta ta, siurs-dams.
Nous doutons du tout.
Nos considrations d'au-d'ssus
Nous sont d'aucun scours
Pour avoir un solution
Qui nous sirait pour du bon.
Sont considrations infructuuss,

Qui vont trop loin.
Sont brouillaminis fuliginux toc toc.
Sont blablabla zunzun
Qui nous font dir :
Qu'on n'a pas bin vu
Ou pas dû bin voir
Ou pas su bin voir
Ou bin qu'on n'a rin dit
Du bon qu'on avait à dir
Du vrai qu'on avait à voir
Du sûr qu'on avait acquis
D'l'obscur qu'on avait admis.
Sont vains constatations marcaguss
Qui nous font au final rin apparoir ni rin fourbir
Pour la cogitation d'la qustion insidius
Qui nous poursuit.
On a la jugot qui satur franco.
Pourtant, siurs-dams,
Nous arrivons à un point dit
– Ni A ni O ni C ni Q ni F ni K ni D –
Qu'on n'avait pas vu auparavant

Qu'on saurait pas tout à fait dir
Mais où il faut pourtant finir
Avant qu'il soit bin trop tard pour aboutir.
Alors : « Qui d'l'ouf ou d'la gallinac apparut
d'abord ?
Qui tait là avant ? »
Qui ?!!
Si on dit par limination « la gallinac »,
Qu'advint-il ?
Si on dit, par limination, « la gallinac »
On s'dit aussitôt :
« Mais alors, d'où vint l'ouf ? »
Voilà c'qu'on dit.
Or ! Siurs-dams,
Si on dit aussi par limination *a contrario* « l'ouf »,
On s'dit alors :
« Mais la gallinac vint d'où ?
D'où vint la gallinac ?!!
D'où ?!
La gallinac vint bin d'un ouf, non ? »
On va donc ainsi

D'la gallinac à l'ouf
Puis d'l'ouf à la gallinac
Puis d'la gallinac à l'ouf
À l'infini fallaciux
Dans l'horizon faraminux.
On va donc ainsi, catapult,
D'l'ouf à la gallinac
D'la gallinac à l'ouf,
D'l'alpha à l'om'ga
Ad infinitum
Dans un grand tournis sidral,
Vrai toupi,
Trouvant fort malais
D'bin voir l'origin.
Car nonobstant nos constants obstinations,
Nonobstant nos patints ruminations,
On voit mal la sparation
Tour à tour, tournant ouf, stimant gallinac.
Oui. Oui, siurs-dams !
Nonobstant nos triturations masticatoirs
Aux confins bizarrs pour savoir :

Voilà grand conglutination!
Voilà grand dubitation!
Voilà grand maldiction!
Voilà grand pompon!
Auto-contradiction!
Supra-disjonction!
Aucun vrification!
Aucun clarification!
Oui, oui, siurs-dams.
À trop vouloir savoir
Qui d'l'ouf
Ou d'la gallinac
Ou du conquistador
Tait là d'abord,
Sans plus qu'on l'ignor,
La raison chou: on n'voit jamais l'bout du rond
– Qu'il soit bon ou mauvais.
Nous virons dingus, sinoqus, louftingus,
Sans opinion, sans inclination, sans option,
Sans savoir conclur à la fin d'l'allocution,
Sans pouvoir dir ouf, sans pouls,

Toujours sans spoir d'aucun corroboration
Pour aujourd'hui,
Dans l'obligation d'nous runir
Bintôt un fois d'plus
Pour aboutir un jour à la lucidation du micmac,
À la solution d'ladit qustion primordial :
« Qui d'l'ouf ou d'la gallinac apparut d'abord ?
Qui tait là avant ? » Qui ? !!!
Mais bintôt, siurs-dams, bintôt,
Qui nous dit par surcroît
Qu'l'ouf ou la gallinac s'ront toujours là
À l'instar d'aujourd'hui où nous avons tout dit
Sur tout c'qu'on pouvait savoir d'obligatoir ?
Bintôt, l'ouf ou la gallinac n'auront-ils pas
disparu ?
Aussi, avant d'nous dir à la r'voyur
Nous posons donc la qustion tout aussi capital
Ordonnant aussi raison obstin
Opinion bin instruit, pronostic idoin :
« Qui d'l'ouf ou d'la gallinac disparaîtra d'abord ? »
Oui, siurs-dams !

Nous posons la qustion !
Qui d'l'ouf ou d'la gallinac disparaîtra avant
d'abord ?
Qui d'l'ouf ou d'la gallinac
– ou du conquistador
Disparaîtra d'abord ?
La gallinac ?
Ou l'ouf?

Sans ruse, le poulet sort parfait d'un œuf anodin.

Henri Michaux